JOYEUSETAÏ
DIJONNOISE.

AI SON ALTESSE SERENISSIME
MONSEIGNEUR
LE DUC.

VOTE SERENISSIME
ALTESSE,
GRAN PRINCE, voi com-
me ai lai preſſe
De tô les androi du Paï
Chécun vén por vo réjoüi.
  Ma comman ? en bon équipaige,
Tambor baitan, fifre, & bagaige ;
Ceu-lai qui n'on poin de tambor,
Ni ſublô, ni fifre aivô lor,

Airon dé timbale & trompaite.

Dieu fçai comme lai joye éclaite
Dé Chevalié, qui s'en venon,
Eblöii de vote renom,
Vo faire ôfre de los hômaige,
Comme ai un Prince le pu faige,
Le pu brave, le pu vaillan
Qu'on ó voifu dépeù mill' an,
Difon meù, dépeù que le monde
Se trôve de figure ronde.

De lai Bregogne lai Comtai
Voiré (dan vo) révigôtai
Vote Gran Gran Peire, ce Prince,
Qui ne faifi de fai Prôvince
(Quant ai lai preni) qu'un gaulon.

Ai fai téte vén Befançon,
Citai fi fiére & fi fuparbe
Qu'elle prétan faire lai barbe
Ai gran nombre d'autre Citai
Qu'elle paffe en antiquitai.

De lai Prôvince de Champaigne,
Des autre qui no fon voifaigne,
Les ôficié, lé Chevalié,
Vénron chaudeman ai milié,
Meù montai que n'aitó Sain George,
Ruban ponceá desô lo gorge,
Tôjor corran, faire ai Dijon,
Dé révérance un rude odon

Ai vote admirable Parſonne..

   Comme mouche ai mier qui bordonne,
Faiſan gade autor de lo Roi ,
Vo lé voiré en bel airoi ,
Plein de reſpai , plein de ſôpleſſe,
Demandai l'odre ai Vote Altesse.

   Dijon reſſambleré Pairi ,
L'Ouche lai Seine en récorci ;
Suſon de conçar aivô Reine ;
Dé Peire Chatreu lé fonteine ,
Correron pu for qu'en hivar ,
S'ai fai chau , por réfroichi l'ar.
No cave feron dé fonteine ,
Lai voù mointe Saimairiteine
N'airon por pompe & por ſaillô
Que dé bôtaillon & dé brô ,
Le tô plein d'un ſirô bachique,
Qui fai ſan contredi lai nique
Et lai loi és autre ſirô
Que vande Leprince & Duclô ,
Frelatai de ſeucre & d'épice.

   Je voiſon tô les Exarcice
Trepillé d'aiſe d'étre ici :
Lo Chef , lo Chevalié auſſi ,
Preu & hadi , que ran n'épante ,
Célébrai (carnpai ſò lo tante ,
Gôbelle en main) vote gran Nom.
Et peù quan ç'á qu'ai tireron

Ai fairon pu que l'impôſſible
Por parcé devan vo lé cible
Contre lai broche , s'ai l'en di.

  Ai l'émeune , anſin qu'on écri,
D'aivô lor chécun lo femelle,
Tan Borgeoiſe que Demoiſelle,
Lo fille & lo peti garçon,
En crôpe & deſſu les arçon ;
Tôt en á plein dan lé chareire.

  De moime qu'on voi lé vôleire
De pingeon au bou de l'hivar,
Soti por picôtai le var
Que le moi de Mai no réméne ,
J'en voiron beácô de dôzaine ,
Veni vo rendre , s'ai vo plai ,
Tres-hunble & tré-prôfon reſpai.

  On repaive tôte no ruë :
De vote Par les aivenuë ,
Voù tôt y charme & tôt y ri ,
Voù lé levreá & lé paidri
Dan ſé bôcaige ſe gôbarge ,
Tô de ſon lon & de ſon large ,
Lé rôſſignôlai , lé quinſon ,
Dégoiſe deſſu lo fredon
Jeuqu'ai ſe pámai , de lai joie
Qui lé faiſiré de vo voie
Veni paſſai queique môman
Pré de lor , au ſôlô levan ,

Ran n'á tei que lo mélôdie.

Je vorrein qu'ai preniſſe envie
Ai Riza Baigue Mahômai,
Quant ai voré s'en retonai,
De veni voi dan lai Bregogne
Comme y no bôton en beſogne
Por vo faire paſſai le tan.

Ai l'á çartain que ſon Soudan
ôvriró bé for les oraille
Por entendre meù lé marvaille
Que ce Bachar diró de vo.
Qu'ai lé velu reſté ché no,
Aiſin d'inſtrure Sai Hauteſſe
Comme s'á gonai VOTE ALTESSE
Pendan les Eta du Paï.

Le Soudan feró bén éboüi
En éprenan, qu'ai vote maigne
Ran ne ſe peu voi de pu daigne,
Ni de pu graicieu que Vo.
Que tô ravi ai l'admiró
VOTE ALTESSE au mitan des arme;
Combé ç'á que vos éte farme,
Quant ai s'agi de quemandai,
Comme vo ſaivé du mouſquai,
Des arme liſſe & virôlée,
Fraipai ſu le cham & d'emblée
Droiteman au mitan du bu;
Que dans le pu fort du grand bru

A iij

Dé canon & du tintamarre,
Vo vo tené fu le bon quarre.

Qu'en Bregogne, où ai lé paſſai,
Ce n'á que Printan & qu'Etai,
Que ç'á plaiſi d'i voi lé vaigne
Sũ lé côtau de no montaigne.
Que lé coucou dans nos endroi,
Repôſe deſô les étoi,
(Seigneur) comme dans votre Empire.
Le Sôfi ne ferò qu'en rire,
Diſan au Bachar, mon Vaulô,
Le coucou geite tô po tô.
Dans lé Ville, dans lé Villaige,
Ai lé le droi d'haibitantaige ;
Enfin ai geite voù ai veu.

Ma, Gran Prince, comme on ne peu
San chôquai vote patiance,
Rimaillé dan vote preſence,
Je vo dirai qu'on vos étan
Ai brai ôvar au Parleman.

De ſeurcroi note ſaige Maire
Monſieu Baudignai, en aifaire
Comme ai s'antan porfaiteman,
Invante, charche & n'ôblie ran ;
Ni jor ni neù ai ne repôſe,
Jeuqu'ai l'ô mettu tôtte chôſe
En éta de vo recevoi ;
Ç'at un moitre homme aivô le poi,

Aivô le poi , aivô lai pleume ,
Pu farme que n'at éne encleume ;
Pu qu'éne encleume ? pu qu'un roché.
Tôjor aipliquai , étaiché
Forteman ai fon minifteire ,
Qui no far de Maire & de peire ,
Tan ai no gone faigeman.

    Les Echevin pairoailleman ,
Marche en droiture fu fé traice ;
De lai vén , graice ai Vote Altesse ,
Qui nos en é fai le prefan ,
Que je nos en trôvon contan ;
Ai fe compote en confciance.

    J'efpéron que Vote Excellence
S'en trôveré contante aitô ,
Car tô tan qu'ai fon , cô fu cô
Ebandéne bureá & banque ,
Por que ran ici ne vo manque ,
Et qu'on vo prefante ai foifon
Lé raretai de lai faifon.

    Vo voiré Monfieu de lai Loge,
Ce Capitaine , ché qui loge
Un efpri fin & bé difan ;
Ai fé coutai fon Lieutenan ,
Son Anfaigne , & fai Compaignie,
Jan de cœur & de bonne vie.

    Chécun de nos autre prétan,
Du pu peti jeuqu'au pu gran ,

Padei quan je ferein cen mille
Pu que je ne fon dan lai Ville,
Lé gonô d'aivô lé chaipeá,
Lé gran & lé peti çarveá,
Maulai les un pormi les autre,
Le réciteu de patenotre,
Lé noir & lé blan caipuchon,
Lé brun, lé gri, lé cor, lé lon,
Lé Confraire de Saint Ignaice,
De vo palai de bonne graice,
Et vo marquai du fon du cœur
Qu'en vo git tô note bonheur.

Ma je fongeon que note Mufe,
Tôchan le Jeù de l'Arquebufe,
Demeure trô tar d'en palai :
Comme lei, tô le monde fçai
Que de guarre vos éte un foudre,
Quant ai l'á queftion d'en découdre.
Au for dé bataille on vo voi,
Au prôfi de note GRAN ROI,
Faire tôjor tónai lai chance,
Animai de vote prefance,
D'exemple, & de main vo Soudar,
Au travar du feù & du far.

Lai bá trente Ville effamblée,
Chaiquéne en fon pôfte raingée,
Le moufquai fu l'épaule, étan
Tô coi vote quemandeman.

VOTE SERENISSIME ALTESSE
Voiré comme dedan lo plaice
Chaique Chevalié á plantai.
Ç'at un gró bataillon dorai,
De quei on diftingue ai gran peine
Lé Fantaiffin dé Capittaine,
Tan ai fon bé vetu tretô.

   Ç'á lai que de mainte beá cô
Vo voiré lé cible parcée;
Ç'á lai qu'ai no vén en panfée
Que de vote belle faiçon
Vos enfaigneré lai leçon
E' pu aidroi, é pu habille
Dé tireu de tôtte cé Ville.
Ç'á lai qui no flaitton enfin ,
Que vo feré dé cô fi fin,
Qu'ai no bailleron ai pairoitre
Que vos éte un excellàn Moitre
Dan tôte chôfe, & que ç'á lai
Qu'on diré qu'ai n'á qu'un CONDAI
Su tô lé Prince de lai tarre,
Pendan lai pai, pendan lai guarre,
Qui fó pu expar au métei
De combaitre & gaigné le prei.

   Vos y voiré force évanture:
Lai jeuneffe fu lai vardure,
Dé fillôtte & genti garçon
Ai l'antor du Jeù danferon

Le branne gaillard de Pleumeire :
De Dijon tôtte lé Chambleire
Gambadai d'aivô lé Vaulô
Le refu d'aimor, le poulô,
Lé corande lé pu nôvelle,
De tei force, que los aiffelle
Sentiron putó le gouffai
Que lai girofflée & l'œüillai.
　　Combé de gente Demoifelle,
Difpôfe comme fauterelle,
Desô les ábre de ce Jeù,
De ruban de couleur de feù,
De bleu vou de var éfeutée,
De tôquai fringan coaïffée,
Des évantale dan lo main,
Dé bôquai de fleur fu lo fain,
D'aivô los haibi dé Dimainche,
Vo montreron lo gorge blainche,
D'un ar fi gaillar, fi genti,
Qu'elle éguferein l'aupeitti
Du pu riache mifantrôpe ;
J'en aivon éne bonne trôpe,
Bé plaifante & de bon ailoi,
Qui plaife ôffi-tó qu'on lé voi.
　　Vo voiré dan lai Cômédie
Dominicle, qui s'étudie
Por vo bé baillé du plaifi :
Ai fau voi comme ai l'á futti,

En no baragoignan fon rôlle,
Ran de pu plaifan de pu drôlle
Ne no pairoi, que fé faiçon ;
Quan le Scairaimouche & lu fon
En train de palai lo langaige,
Ç'á le jargon des oye fauvaige,
Voù bé dé jan n'entande ran :
Ma n'impote ai fon for plaifan.

No Moitre expar dan lai mufique
Et dan les inftruman, fe pique
Qu'ai vos on préparai des ar
Pu beá que ceu des ôpérar.

On é compôfai dé pairôle,
Qui jointe é baffe de viôle,
Ai l'aide de no bon Chantou,
Dé claivecin, & dé fleùtou,
Régailladiron VOTE ALTESSE.

Je no baignon dan lai lieffe
Que j'aivon de vo voi ici ;
Lé chaigrin, lé cueùfan fôci
Qui nos érenein, fe retire ;
GRAN PRINCE, celai no fai dire,
Que vote Parfonne no ran
Le cœur joyeù, l'éfpri coutan.

Permis d'imprimer. A Dijon, ce 17 Mai 1715.
Signé, BAUDINET.

AI DIJON,
Ché A N T O N E DE FAY, Imprimou,
vé le Palai.

www.ingramcontent.com/pod-product-compliance
Lightning Source LLC
Chambersburg PA
CBHW061425170626

46811CB00005B/2138